秋灯琐忆

[清] 蒋坦 著

一花一草一世界，
一生一世一双人。

古吴轩出版社

图书在版编目（CIP）数据

秋灯琐忆 / （清）蒋坦著. -- 苏州 ：古吴轩出版社，
2023.1

ISBN 978-7-5546-2050-2

Ⅰ．①秋… Ⅱ．①蒋… Ⅲ．①古典散文—散文集—中国—清代 Ⅳ．①I264.9

中国版本图书馆CIP数据核字（2022）第225608号

责任编辑：顾　熙
见习编辑：张　君
策　　划：村　上　牛宏岩
装帧设计：侯茗轩

书　　名：秋灯琐忆
著　　者：[清]蒋　坦
出版发行：古吴轩出版社
　　　　　　地址：苏州市八达街118号苏州新闻大厦30F
　　　　　　电话：0512-65233679　　　**邮编：**215123
印　　刷：天宇万达印刷有限公司
开　　本：880×1230　　1/32
印　　张：5
字　　数：58千字
版　　次：2023年1月第1版
印　　次：2023年1月第1次印刷
书　　号：ISBN 978-7-5546-2050-2
定　　价：42.00元

如有印装质量问题，请与印刷厂联系。0318-5302229

［明］仇英《汉宫春晓图》（局部）

［清］焦秉贞《历朝贤后故事图·身衣练服》（局部）

身衣練服

後漢書曰明德馬太后常衣大
練裙不加緣朔望諸姬主朝請
望見后袍衣踈麄反以為綺縠
就視乃笑后曰此繒特宜染色
故用之耳六宮莫不歎息

教訓諸王

後漢書曰明德馬
太后嘗教授諸小
王論語經書叙述
平生雍和終日

［清］焦秉贞《历朝贤后故事图·教训诸王》（局部）

［清］焦秉贞《历朝贤后故事图·戒饬宗族》（局部）

戒飭宗族

後漢書曰和熹鄧太后禹之孫女嘗徵徵鄧氏子孫三十餘人為開邸第教以經書躬自監試詔從兄約康等曰末世貴戚食祿之家溫衣美食乘堅驅良而面牆學術不識藏否誡令兒曹上述祖考休烈下念詔書本意則足矣

［明］仇英《汉宫春晓图》（局部）

原序一

　　昔读易安居士[1]所为《金石录》[2]后序：赌茶读画，不少敷陈[3]；镜槛书床，可想文采。今观蔼卿[4]茂才《秋灯琐忆》一编，比水绘《影梅》诸作，情事殊科，词笔同美。夫其洞房七夕，始自定情。梵夹三乘[5]，终于偕隐。十年湖上，千诗集中。环阶流水，所居楼台。当户远山，相对屏障。饮渌[6]餐秀，倡妍酬丽。从来徐淑[7]，

---

① 易安居士：李清照（1084—约1151），南宋女词人。号易安居士。早期生活优裕，与夫赵明诚共同致力于金石书画的搜集整理。所作词，前期多写其悠闲生活，后期多慨叹身世，情调感伤。善用白描手法，自辟途径，语言清丽。

② 《金石录》：赵明诚撰。三十卷，著录所藏金石拓本，上起三代下及隋唐五代，共两千种。

③ 敷陈：铺叙，论列。

④ 蔼卿：蒋坦，字平伯，号蔼卿，钱塘（今浙江杭州）人。秀才出身，擅长书法。道光二十三年（1843）与关锳成婚，长年居住于杭州西湖边。

⑤ 三乘：乘，指运载工具；三乘一般指声闻、缘觉、菩萨（或佛）。佛教谓引导众生达到解脱的三种方法、途径或教义。

⑥ 渌：清酒。

⑦ 徐淑：东汉女诗人。陇西（治今甘肃临洮南）人。桓帝时，其夫秦嘉为郡上计吏，赴洛阳，淑病居母家，不及面别，相互赠答，表示怀念之情。所作今存《答秦嘉诗》一首及答书二篇。

不仅篇章；自是高柔，无虚爱玩。筼谷①晚食，文不独游；莲庄夏清，越乃双笑。闺房之事，有甚画眉；香艳之词，罔恤②多口。恐讥麟楦③，遂谢鹤书④。诗好抱山，词工饮水。偶成小品，首示鄙人。间述闲情，弗删绮语。多乞慧业，刹那前尘。顶礼⑤金仙，心香琼馆。更积岁月，重出清新。神仙眷属之羡，当不止如漱玉之所序矣。

咸丰壬子岁六月辛丑立秋日

皋亭山民魏滋伯⑥书于小戆窝

---

① 筼（yún）谷：长满竹子的坳地。

② 罔恤：不谨慎。

③ 麟楦：指"麒麟楦"。用驴子装成麒麟为戏，唐人称此驴为"麒麟楦"。比喻虚有其表的人。

④ 鹤书：亦称"鹤头书"。书体名。古时用于招贤纳士的诏书。

⑤ 顶礼：佛教徒拜佛最尊敬的礼节。头、手、足五体俯伏，以头承佛足。

⑥ 魏滋伯：魏谦升，字滋伯，仁和（今浙江杭州）人。九岁能文，尤工书。

原序二

　　《秋灯琐忆》，乃钱塘蒋蔼卿之作。序述闺帏韵事，文笔秀雅姿媚，不减冒辟疆①之《影梅庵忆语》、沈三白②之《浮生六记》。予既得足本《浮生六记》于某氏，翌年③，又得此编于冷书摊上，为之狂喜。蒋氏有《息影庵初存诗》《百合词》，秋芙④亦有《梦影楼词》。才子佳耦，真不啻秦嘉之与徐淑云。

民国二十二年六月
吴兴王文濡书于望古遥集楼

---

① 冒辟疆：冒襄（1611—1693），明末清初文学家。字辟疆，号巢民、朴巢、朴庵、白华山人，如皋（今属江苏）人。明末诸生，授台州推官，以兵乱未赴。与侯方域、方以智、陈贞慧并称明季"四公子"。入清后隐居乡里，屡征不出。以诗文名世，亦工书法。有《巢民诗集》《文集》《影梅庵忆语》等。

② 沈三白：沈复（1763—约1838），清散文家。字三白，号梅逸，江苏长洲（今苏州）人。为人落拓不羁，以游幕、经商为生。能文善画，曾以其家居生活和浪游见闻写成自传性纪实散文《浮生六记》六卷，今存前四卷。

③ 翌年：第二年。

④ 秋芙：关锳，钱塘（今浙江杭州）人。蒋坦之妻。诗词书画，均有造诣。著有《三十六芙蓉诗存》《梦影楼词》。

目 录

道光癸卯①闰秋，秋芙来归②。漏③三下，臧获④皆寝。秋芙绾⑤堕马髻⑥，衣红绡⑦之衣，灯莲影中，欢笑弥畅，历言小年嬉戏之事。渐及诗词，余苦木舌，挢⑧不能下，因忆昔年有传闻其《初冬》诗云"雪压层檐重，风欺半臂单"，余初疑为阿翘假托，至是始信。于时桂帐虫飞，倦不成寐。盆中素馨，香气滃然⑨，流袭枕簟⑩。秋芙请联句，以观余才；余亦欲试秋芙之诗，遂欣然诺之。余首赋云"翠被鸳鸯夜"，秋芙续云

---

① 道光癸卯：指公元1843年。
② 来归：夫家称女子嫁往其家。
③ 漏：古代滴水计时的仪器，此处指时刻。
④ 臧获：古代对奴婢的贱称。
⑤ 绾：盘结。
⑥ 堕马髻：一种偏垂在一边的发髻。
⑦ 绡（xiāo）：生丝织成的绸子。
⑧ 挢（jiǎo）：翘起。
⑨ 香气滃（wěng）然：指香气弥漫。
⑩ 簟（diàn）：供坐卧用的竹席。

"红云蟙螺①楼。花迎纱幔月"，余次续云"人觉枕函秋"。犹欲再续，而檐月暧②斜，邻钟徐动，户外小鬟已喁喁③来促晓妆矣。余乃阁笔④而起。

解读

道光癸卯年闰秋，秋芙嫁到了我们家。三更时分，家中奴婢都睡下了。秋芙绾了一个偏垂在一边的发髻，穿着一件红薄纱衣，在花烛的光影之中与我欢乐地交谈，尽情地玩乐，诉说着一件件我们儿时一起玩耍的趣事。渐渐聊到了诗词，我的舌头好像僵直了一般什么都说不出来。转而回忆起当年曾听传闻说秋芙作过《初冬》诗言"雪压层檐重，风欺半臂单"，起初我怀疑这是伶人假托秋芙之

---

① 蟙螺（zhí mò）：指蝙蝠。
② 暧（ài）：昏暗貌。
③ 喁（yú）喁：低声细语。
④ 阁笔：阁，同"搁"。停笔。

名而作，现在我才相信是秋芙作的。在这个时候，屋里帐中虫子纷飞，我们很是疲倦却也睡不着了。盆中的素馨花香气弥漫，就连枕席之间都沁入了花香。为了考察我的才华，秋芙请我和她联句。正巧我也想测试一下秋芙的诗才如何，于是愉快地答应了。我先说首句"翠被鸳鸯夜"，秋芙接道"红云蛺蜻楼。花迎纱幔月"，我又续言"人觉枕函秋"。我们还想要再续下去，但是看到窗外房檐上的月亮已经昏暗西斜，邻居家的钟声也缓缓地响起来。小丫鬟已经在门外低声细语，催促着秋芙起床梳妆打扮了，于是我停下笔起身。

［清］改琦《对镜簪花图》

二

数日不入巢园，阴廊之间，渐有苔色，因感赋二
绝云：

　　一觉红蕤①梦，朝来记不真。
　　昨宵风露重，忆否忍寒人？

　　镜槛无人拂，房栊②久不开。
　　欲言相忆处，户下有青苔。

时秋芙归宁③三十五日矣。群季④青绫⑤，兴应不
浅，亦忆夜深有人尚徘徊风露下否？

----

① 红蕤（ruí）："红蕤枕"的简称。红蕤枕，像玉般微红，有纹如粟。亦
　 指绣枕。
② 房栊（lóng）：窗户。
③ 归宁：已嫁的女子回娘家省视父母。
④ 群季：诸弟妹。古时兄弟姐妹排行，以伯、仲、叔、季为序，季为最小。
⑤ 青绫：青色的有花纹的丝织物。古时贵族常用以制被服帷帐。此处代
　 指床帏。

　　很多天没有来过巢园，在背阴的走廊之间，已经渐渐长出了青苔。我见状生出感慨，作了两首绝句："一觉红蕤梦，朝来记不真。昨宵风露重，忆否忍寒人？""镜槛无人拂，房栊久不开。欲言相忆处，户下有青苔。"此时秋芙已经回娘家住了三十五天了。她和她那么多弟弟妹妹一起开心地玩耍，兴致一定很高，不知道她会不会想起在深夜里有人还在风露中徘徊？

［明］仇英《人物故事图·贵妃晓妆》（局部）

三

　　秋芙之琴，半出余授。入秋以来，因病废辍。既起，指法渐疏，强为理习，乃与弹于夕阳红半楼上。调弦既久，高不成音，再调则当五徽而绝。秋芙索上新弦，忽烟雾迷空，窗纸欲黑。下楼视之，知雏鬟不戒①，火延幔帷。童仆扑之始灭。乃知猝断之弦，其谶②不远；况"五"，火数也，应徽③而绝，琴其语我乎？

解读

　　秋芙的琴技，多半是我教授的。入秋以来，她因为生病就搁置了，没有继续学琴。病愈后，她的指法已经有些生疏，我鼓励她努力练习，和她一起在夕阳红半楼上弹琴。调琴弦调了很久，调子高得不能成音，最后不料琴弦

---

① 不戒：不小心。
② 谶：预言；预兆。
③ 徽：琴徽。系弦之绳。后以指琴面指示音节的标志。

在五徽那里断掉了。秋芙换上新的琴弦，忽然空中弥漫起烟雾，几乎将窗纸熏黑了。下楼一看，才知道是小丫鬟不小心烧着了帷幔。童仆赶忙救火，才把火扑灭了。这猝断之弦的征兆，应验得如此之快。况且“五”象征着火，琴弦在五徽处断掉，这难道是琴向我发出的警告吗？

［清］费丹旭《风月秋声·西厢记图册》（其一）

四

　　秋芙以金盆捣戎葵①叶汁，杂于云母②之粉，用纸拖染，其色蔚绿，虽澄心③之制，无以过之。曾为余录《西湖百咏》，惜为郭季虎携去。季虎为余题《秋林著书图》云"诗成不用苔笺④写，笑索兰闺手细钞⑤"，即指此也。秋芙向不工⑥书，自游⑦魏滋伯、吴黟山两丈之门，始学为晋唐格。惜病后目力较差，不能常事笔墨。然间作数字，犹是秀媚可人。

① 戎葵：植物名。即"蜀葵"。
② 云母：矿物族名。重要的造岩矿物，颜色随成分而异，玻璃光泽，解理面上呈珍珠光泽。
③ 澄心：澄心堂。南唐烈祖李昇所居室名。
④ 苔笺：纸名。即苔纸。
⑤ 钞：亦作"抄"。誊写。
⑥ 工：擅长。
⑦ 游：来往。

秋芙把戎葵叶放到金盆里捣成汁，然后在其中加入一些云母粉，用来拖染纸。这样制成的笺纸，颜色蔚绿，即使是澄心堂纸，也比不上它。秋芙曾经用这种纸为我抄录《西湖百咏》，只可惜被郭季虎带走了。郭季虎为我题《秋林著书图》言"诗成不用苔笺写，笑索兰闺手细钞"，就是指此事。秋芙早先不擅长书法，自从和魏滋伯、吴黟山两位老先生交往后，才开始学习晋唐风格的书法。可惜她生病后视力变差了，不能够经常习书。然而偶尔写的几个字，还是很秀美可爱的。

［清］焦秉贞《仕女图册》（其一）（局部）

五

　　夏夜苦热，秋芙约游理安。甫①出门，雷声殷殷②，狂飙③疾作。仆夫请回车，余以游兴方炽④，强趣之行。未及南屏，而黑云四垂，山川暝合⑤。俄见白光如练⑥，出独秀峰顶，经天丈余，雨下如注，乃止大松树下。雨霁更行，觉竹风骚骚⑦，万翠浓滴，两山如残妆美人，蹙黛⑧垂眉，秀色可餐。余与秋芙且观且行，不知衣袂之既湿也。时月樵开士主讲理安寺席，留饭伊蒲⑨，并以所绘白莲画帧见贻⑩。秋芙题

---

① 甫：刚刚。
② 殷殷：指雷声滚滚，不断发出声响。
③ 飙：暴风。
④ 炽：热烈，旺盛。
⑤ 暝合：昏暗。
⑥ 练：练过的丝帛。多指白绢。
⑦ 骚骚：形容风声。
⑧ 蹙黛：皱眉。黛，青黑色的颜料，古代女子用来画眉。
⑨ 伊蒲：即伊蒲馔。斋供，素食。
⑩ 贻：赠送。

诗其上，有"空到色香何有相，若离文字岂能禅？"之句。茶话既洽，复由杨梅坞至石屋洞。洞中乱石排拱，几案俨然。秋芙安琴磐磴[1]，鼓《平沙落雁》之操，归云瀚然，涧水互答，此时相对，几忘我两人犹生尘世间也。俄而残暑渐收，暝烟四起，回车里许，已月上苏堤杨柳梢矣。是日，屋漏床前，窗户皆湿，童仆以重门锁扃[2]，未获入视。俟归，已蝶帐蚊幮，半为泽国，呼小婢以筠笼[3]熨之，五鼓[4]始睡。

解读

苦于夏夜的炎热，秋芙约我一起到理安寺游玩。刚一出门，雷声滚滚，狂风大作。仆人请求驾车往回走，此时

---

① 磐磴：石头案几。
② 扃（jiōng）：门窗箱柜上的插关。
③ 筠笼：罩在火炉上的竹笼。
④ 五鼓：五更。

的我却游兴正浓，催促他驱车前进。还没有到南屏山的时候，天空就已经黑云密布，山川晦暗一片。不一会儿，只见一道丈会如练的闪电从独秀峰顶划过，随之下起倾盆大雨，我们就到大松树下停车躲雨。

等雨停了之后再次出发，只觉竹林中清风飒飒，植物翠色欲滴，两边的山峰如同带着残妆的美人，眉头微皱，眼目低垂，姿容秀美。我和秋芙一边走一边观赏沿途美景，竟不知道衣袖已经湿了。当时月楂开士主理安寺讲席，他留我们在寺中吃斋饭，并把他自己画的白莲图送给了我们。秋芙在画上面题了几句诗，其中有"空到色香何有相，若离文字岂能禅？"之句。

我们喝茶聊天，非常融洽。后来，我们从杨梅坞到了石屋洞。洞里很多乱石堆砌成拱形，很像几案。秋芙把琴放在巨石上，弹起了《平沙落雁》的琴曲。洞中云气瀚然，琴音与洞水之声相合互答，此时此刻我们二人相对，几乎忘记了还置身于尘世间。

不一会儿，残留的暑气散去，烟霭从四方笼罩过来。我们驾车往回走了一里多路时，月亮已经升到了苏堤上的杨柳梢头。这天，屋里漏了雨，雨漏到了床前，窗户也都湿了。童仆们因为几扇门都上了锁，没能到里面查看。等我们回来，雨水已经浸湿了帷帐，屋里差不多成了汪洋。我招呼小婢女们用烘炉烘烤床帐和被单，一直忙到五更才得以睡下。

［清］陈枚《月曼清游图·庭院观花》

秋芙喜绘牡丹，而下笔颇自矜重①。嗣从老友杨渚白游，活色生香，遂入南田之室。时同人中寓余草堂及晨夕过从者，有钱文涛、费子苕、严文樵、焦仲梅诸人，品叶评花，弥日②不倦。既而钱去杨死，焦、严诸人，各归故乡，秋芙亦以盐米事烦，弃置笔墨。惟余纨扇③一枚，犹为诸人合画之笔，精神意态，不减当年。暇日观之，不胜宾朋零落④之感。

解读

秋芙喜欢画牡丹，然而她下笔非常拘谨。后来秋芙跟随我的老朋友杨渚白学绘画，画出的花活色生香，初窥恽南田之门。当时和我一同居住在草堂以及与我们经常来往

---

① 矜重：慎重，拘谨。
② 弥日：整天。
③ 纨扇：洁白光亮的丝织品制成的团扇。
④ 零落：比喻死亡、飘零、衰败。

的人，有钱文涛、费子茗、严文樵、焦仲梅等人。我们品
叶评花，整日也不会感到疲倦。不久后，钱文涛离开了，
杨渚白死了，焦仲梅、严文樵等人也都各自返回家乡了。
秋芙被盐米等生活琐事烦扰，就弃置了绘画。唯独我的一
把纨扇，上面有诸位朋友共同执笔的画作，画中还保留着
当年的精神意态。空闲的时候，我会拿出扇子观赏一番，
不禁对宾朋的零落生出无尽的感慨。

［明］仇英《人物故事图·南华秋水》（局部）

七

桃花为风雨所摧，零落池上，秋芙拾花瓣砌字，作
《谒金门》词云：

春过半，花命也如春短。
一夜落红吹渐满，风狂春不管。

"春"字未成，而东风骤来，飘散满地，秋芙怅然^①。
余曰："此真个'风狂春不管'矣！"相与一笑而罢。

解读

桃花被风雨摧残，飘零于水池中。秋芙捡拾花瓣来摆
成字，作了一首《谒金门》词："春过半，花命也如春短。
一夜落红吹渐满，风狂春不管。""春"字还没有摆好，忽
一阵东风袭来，花瓣散落了一地。秋芙非常惆怅。我说：
"这真是'风狂春不管'呀！"两人相视一笑作罢。

［清］黄山寿《仕女读书写字图》（局部）

八

余旧蓄①一绿鹦鹉，字曰"翠娘"，呼之辄应。所诵诗句，向为侍儿秀绢所教。秀绢既嫁，翠娘饮啄常失时，日渐憔悴。一日，余起盥沐②，闻帘外作细语声，恍如秀娟声吻，惊起视之，则翠娘也。杨枝③去数月矣，翠娘有知，亦忆教诗人否？

解读

我曾经养过一只绿鹦鹉，名叫"翠娘"，一叫它，它就会回应。它所背诵的诗句，向来是侍女秀娟教的。秀娟嫁人后，翠娘的饮食经常不按时，它便日渐憔悴了。一天，我起床后正在洗漱，听到帘外有人悄声说话，好像秀娟的声音。我很吃惊，赶忙去查看，原来是翠娘在学秀娟说话。秀娟已经走了几个月了，翠娘如果有人的知觉，也会回想起教它诗句的人吧？

---

① 蓄：通"畜"。畜养。
② 盥（guàn）沐：洗漱。
③ 杨枝：原指白居易的侍妾樊素。樊素善唱《杨枝曲》，故以曲名人。后常用以为典，亦泛指侍妾、婢女或所思恋的女子。

［清］陈枚《月曼清游图·桐荫乞巧》

九

秋芙每谓余云："人生百年，梦寐居半，愁病居半，襁褓垂老之日又居半，所仅存者，十一二耳。况我辈蒲柳①之质，犹未必百年者乎！庾兰成云：'一月欢娱，得四五六日。'想亦自解语耳。"斯言信然。

秋芙经常和我说："人生百年，睡觉占了一半，愁病占了余下的一半，幼年和老年又占了余下的一半，所剩下的时间，不过是十之一二罢了，况且我们体弱多病，还未必能活到百岁！庾兰成说：'一个月中欢乐的时光，能有四五六日。'想来也是自我安慰的话语吧。"这些言论是正确的。

---

① 蒲柳：植物名。即水杨。因其早凋，常用来比喻衰弱的体质。

［清］陈枚《月曼清游图·杨柳荡千》

十

平生未作百里游。甲辰①娥江之役，秋芙方病寒疾，欲更行期，而行装既发，黄头②促我矣。晚渡钱江，飓风大作，隔岸越山，皆低鬟敛眉，郁郁③作相对状，因忆子安④《滕王阁序》云："天高地迥，觉宇宙之无穷；兴尽悲来，识盈虚之有数。"殊觉此身茫茫，不知当置何所。明河在天，残灯荧荧⑤，酒醒已五更时矣。欲呼添衣，而罗帐垂垂，四无人应。开眼视之，始知此身犹卧舟中也。

---

① 甲辰：指清道光二十四年（1844）。
② 黄头：指黄头郎，汉代掌管船舶行驶的吏员，后泛指船夫。
③ 郁郁：忧伤、沉闷的样子。
④ 子安：王勃（649或650—676）。唐代文学家，字子安。与杨炯、卢照邻、骆宾王以文辞齐名，并称"王杨卢骆"，亦称"初唐四杰"。其诗长于五律，偏于描写个人经历，多思乡怀人、酬赠往还之作，风格清新流丽。其文多为骈体，重辞采而有气势，以《滕王阁序》最有名。
⑤ 荧荧：微光闪烁的样子。

　　我平生没有经历过远游。道光二十四年（1844）我到曹娥江办事，正赶上秋天患寒疾。我想要更改出发的日期，然而行李已经提前发出去了，船夫也催促着我出发。晚上渡过钱塘江时，刮起飓风，两岸的山峦好像都垂首蹙眉，相对郁郁。因而回想起王勃的《滕王阁序》云："天高地迥，觉宇宙之无穷；兴尽悲来，识盈虚之有数。"我忽然感觉在茫茫天地之间，不知道应该安身于何处。明亮的银河挂在天边，岸边的残灯微光闪烁，待我酒醒之时已经是五更了。想要叫仆人帮我添些衣服，然而罗帐垂挂着，没有人回应。睁开眼左右看看，我才反应过来此时身在船中。

［清］焦秉贞《仕女图册》（其一）（局部）

　　秋月正佳，秋芙命雏鬟负^①琴，放舟两湖荷芰^②之间。时余自西溪归，及门，秋芙先出，因买瓜皮^③迹^④之，相遇于苏堤第二桥下。秋芙方鼓琴作《汉宫秋怨》曲，余为披襟而听。斯时四山沉烟，星月在水，琤瑽^⑤杂鸣，不知天风声、环佩声也。琴声未终，船唇已移近漪园南岸矣。因叩白云庵门。庵尼故相识也。坐次，采池中新莲，制羹以进。香色清冽，足沁肠腑，其视世味腥膻^⑥，何止薰莸^⑦之别。回船至段家桥登岸，施竹簟于地，坐话良久。闻城中尘嚣声，如蝇营营，殊聒人耳。桥上石柱，为去年题诗处，近为蟫

---

① 负：背。
② 芰：植物名。芰，菱也。
③ 瓜皮：指瓜皮船。一种简陋的小船。
④ 迹：追寻踪迹。
⑤ 琤瑽（cōng）：形容玉声、水声、击更声等。
⑥ 腥膻（shān）：肉食。
⑦ 薰莸：香草和臭草。

衣①剥蚀，无复字迹。欲重书之，苦无中书。其时星斗渐稀，湖气横白，听城头更鼓，已沉沉第四通矣，遂携琴刺船而去。

解读

秋夜的月色正美，秋芙让小丫鬟背着琴，坐着小船到西湖荷花之间游玩。当时我从西溪回来，到家的时候，秋芙已经先出门了，我便雇了瓜皮船去追她，在苏堤的第二座桥下我们相遇了。秋芙正弹着《汉宫秋怨》琴曲，我就为她披上衣服，听她弹琴。此时，四周的山峰烟雾沉沉，星月映在水中，琤琮之声入耳，分不清是天风声还是玉佩碰撞发出的声响。

琴声还未停止，船头已经接近漪园南岸了。我们下了船去敲白云庵的门，庵里的尼姑和我们是旧相识。她请

---

① 蘋（pín）衣：蛙蘋衣的简称。指青苔，又称苔衣。

我们坐下后，就去采摘池中的新莲子，制成莲子羹给我们吃。莲子羹芳香清凉，足以沁人心脾，如果拿它与世间腥膻的食物相比较，那真是天壤之别了。

回到船上，在段家桥边登上了岸，我们将竹垫放在地上，坐着聊了好久。城中有喧嚣声，好像苍蝇嗡嗡地叫，听得人很是烦躁。桥上的石柱，是我去年题诗的地方，近来为青苔所覆，字迹已经看不见了。我想要再题，但是苦于没有随身携带笔墨。此时星斗已经渐渐稀疏，水汽如白练一般横于湖上，远处传来更鼓之声，已经是四更了。于是我们拿着琴乘船归去。

［清］陈枚《月曼清游图·碧池采莲》

余莲村来游武林^①，以惠山泉一瓮见饷^②。适墨傎开士主讲天目山席，亦寄头纲茶来。竹炉烹饮，不啻如来渧水，遍润八万四千毛孔，初不待卢仝七碗^③也。莲村止余草堂十有余日，剪烛论文，有逾胶漆^④。惜言欢未终，饥^⑤为驱去。树云相望，三年于兹矣。常忆其论吴门诸子诗，极称觉阿开士为闻见第一。觉阿以名秀才剃落佛前，磨砖^⑥十年，得正法眼藏^⑦。所居种梅三百余本，香雪满时，趺坐^⑧其下，禅定^⑨既起。间事吟咏，有

① 武林：旧对杭州的别称，以武林山得名。

② 饷：赠送。

③ 卢仝七碗：出于唐代诗人卢仝诗《走笔谢孟谏议寄新茶》，借指品新茶给人的美妙感受。

④ 胶漆：比喻情意相投，亲密无间。

⑤ 饥：本意为饥饿，此处引申为谋求生计。

⑥ 磨砖：磨光的砖头。比喻艰苦修行。

⑦ 正法眼藏：佛教名词。禅宗用以指全体佛法（正法）。眼谓朗照宇宙，藏谓包含万有，故名。

⑧ 趺（fū）坐：佛教中修禅者的坐法。即跏趺，双足交叠而坐。

⑨ 禅定："禅"与"定"的合称。意为"安静而止息杂虑"。佛教认为静坐敛心，专注一境，久之可达身心轻松、观照明净的状态。

《咏怀》诗云："自从一见《楞严》后，不读人间糟粕书。"昔简斋老人论《华严经》^①云："文义如一桶水，倒来倒去。"不特不解《华严》，直是未见《华严》语。以视觉阿，何止上下床之别耶！惜未见全诗，不胜半偈^②之憾。闻莲村近客毗陵^③，暇日当修书问之。

解读

余莲村来到杭州游玩，带来一瓮惠山泉水赠给我。恰逢墨傎大师在天目山讲道，也给我寄了头纲茶。我用竹炉烹茶饮用，喝起来似如来佛祖赐予的甘露，浑身上下的毛孔都得到了茶水的滋润，卢仝的"七碗茶"也无法言尽其中妙趣。

---

① 《华严经》：全称《大方广佛华严经》，佛教华严宗主要典籍。主要宣说"法界缘起"的世界观和"顿入佛地"思想，并提出一系列相对立的范畴，说明世界事物的相互依存、相互制约等关系。
② 偈（jì）：指佛经中的唱词。
③ 毗陵：即今江苏常州，汉代至晋代时曾称毗陵。

莲村在我的草堂住了十几天，我们一起探讨文章，聊得非常投机，如胶似漆。只可惜想说的话还没说完，他就因谋求生计而离开了。我们两个如树云相望，已经有三年多了。我常常回忆起他谈论吴门诸子诗文的情景。他特别推重觉阿大师，觉得觉阿大师的见闻应称第一。觉阿在剃度出家之前是颇为有名的秀才，艰苦地修行了十余年，才得佛宗精义。他居住的地方种了三百多棵梅树。在梅花盛开的时候，他就在梅花树下打坐入定，亦偶尔作诗。有《咏怀》诗云："自从一见《楞严》后，不读人间糟粕书。"昔日简斋老人论《华严经》云："文章的含义就像是一桶水，倒过来倒过去反复申说，并无新意。"这不仅是不了解《华严经》，简直可以说是没看过《华严经》。简斋老人和觉阿大师相比，在见识上恐怕是相差甚远吧？只可惜我没读过《咏怀》诗全文，真像是只读了半篇偈语那么遗憾。

听说余莲村近日客居毗陵，等我空闲的时候应当修书一封问候他一下。

［清］费丹旭《探梅仕女图》（局部）

十三

　　夜来闻风雨声，枕簟渐有凉意。秋芙方卸晚妆，余坐案傍，制《百花图记》未半，闻黄叶数声，吹堕窗下。秋芙顾镜吟曰："昨日胜今日，今年老去年。"余怃然①云："生年不满百，安能为他人拭涕！"辄为掷笔。夜深，秋芙思饮，瓦铫②温暾③，已无余火，欲呼小鬟，皆蒙头户间，为趾离④召去久矣。余分案上灯置茶灶间，温莲子汤一瓯饮之。秋芙病肺十年，深秋咳嗽，必高枕始得熟睡。今年体力较强，拥髻相对，常至夜分，殆眠餐调摄之功欤？然入秋犹未数日，未知八九月间更复何如耳。

---

① 怃然：怅然失意的样子。

② 铫（diào）：煮水用的带柄有嘴的壶。

③ 温暾（tūn）：微温；不冷不热。

④ 趾离：梦神的名字。

晚上听到风雨声，睡在枕席上渐渐感受到凉意。秋
芙刚刚卸了妆，我坐在几案旁编写《百花图记》，还没
写到一半，就听到黄叶被风吹得飘落到了窗下的声音。
秋芙对镜吟咏道："昨日胜今日，今年老去年。"我惆
怅地说："人的一生难满百年，何必为他人感伤拭泪
呢？"于是停下了笔。

夜深时，秋芙想要喝水，瓦壶里的水微温，而灶里
已经没有余火。我想要叫小丫鬟烧水，她们却都在屋里蒙
着头熟睡着，被梦神召去很久了。我引几案上的灯火点燃
了茶灶，热了一瓯莲子汤给秋芙喝。秋芙得肺病已经有
十多年了，深秋的时候一直咳嗽，必须枕高枕头才得以熟
睡。今年她的体力稍微好了一些，经常和我相对而坐，一
直谈到深夜。这大概是调理了饮食、睡眠的效果吧？然而
现在才入秋不久，还不知道八九月份会怎么样呢。

［明］仇英《人物故事图·浔阳琵琶》（局部）

十四

余为秋芙制梅花画衣，香雪满身，望之如绿萼仙
人，翩然尘世。每当春暮，翠袖凭栏，鬓边蝴蝶犹栩
栩然，不知东风之既去也。

解读

我为秋芙做了一件绣满梅花的衣服，她穿上后，满身
都是漂亮的梅花，看上去就像是绿萼仙人一般飘然立于尘
世之中。每当暮春之时，秋芙凭栏而望，鬓边佩戴的蝴蝶
发饰栩栩如生，似乎不知春天已经过去了。

［清］江蓉《仕女图》（局部）

十五

　　扫地焚香，喻佛法耳，谓如此即可成佛，则值寺
阇黎①，已充满极乐国矣。秋芙性爱洁，地有纤尘，必
亲事箕帚。余为举王栖云偈云："日日扫地上，越扫越
不净。若要地上净，撇却苕帚柄。"秋芙卒不能悟。
秋芙辨才十倍于我，执于斯者，良亦积习使然。

解读

　　人们认为扫地焚香就是在修行佛法。如果说这样就可
以成佛，那么寺里值事的僧人早已遍布极乐世界了。秋芙
生性爱清洁，看到地上有一点尘土，也一定要亲自用扫帚
扫干净。我为她列举了王栖云的法偈："日日扫地上，越扫
越不净。若要地上净，撇却苕帚柄。"秋芙最终没有领悟
其义。秋芙的辨才远超于我，她执意要这么做，也是长久
以来的习惯使她变成这样。

---

① 阇（shé）黎：也作"阇梨"，"阿阇黎（梨）"的简称。佛教对教授
　弟子、纠正弟子行为的导师的称呼。

［清］佚名《雍亲王题书堂深居图屏·烛下缝衣》

十六

　　余居湖上十年，大人①月给数十金，资余盐米。余以挥霍，每至匮乏，夏葛②冬裘，递质③递赎，敝箧中终岁常空空也。曾赋诗示秋芙云：

　　一寒至此怜张禄，再拥无由惜谢耽。
　　箧为频搜卿有意，裈犹可挂我何惭。

　　纪实也。

解读

　　我在湖上居住了十年，父母每个月给我数十两银子，资助我们生活所需。我任意花钱，常常陷入缺钱的境地。

---

① 大人：对父母或公婆等的尊称。
② 葛：用桑蚕丝或化学纤维长丝作经，棉线或毛线作纬交织而成的一类丝织物。
③ 质：典当。

夏天的葛衣、冬天的皮衣被我们不断地典当与赎回，箱子里常年都是空空的。曾经作诗一首让秋芙看："一寒至此怜张禄，再拥无由惜谢耽。箧为频搜卿有意，裈犹可挂我何惭。"写的都是事实啊！

［清］费丹旭《风月秋声·西厢记图册》（其一）

十七

　　丁未^①冬，伊少沂大令^②课最^③北行，余饯之草堂，来会者二十余人。酒次，李山樵鼓琴，吴康甫作擘窠书^④，吴乙杉、杨渚白、钱文涛分画四壁，余或拈韵赋诗，清谈瀹茗。惟施庭午、田望南、家宾梅十余人，踞地赌霸王拳，狂饮疾呼，酒尽数十觥不止。是夕，风月正佳，余留诸人为长夜饮。羊灯既上，洗盏更酌，未及数巡，而呼酒不至。讶询秋芙，答云："瓶罄矣，床头惟余数十钱。余脱玉钏换酒，酒家不辨真赝，今付质库，去市远，故未至耳。"余为诵元

---

① 丁未：指道光二十七年（1847）。

② 大令：县官尊称。战国至宋以前县官皆称"令"，故名。

③ 课最：古代朝廷对官吏定期考核，检查政绩，政绩最好的称"课最"。

④ 擘窠（bò kē）书：大字的别称。书法的一种形式，古人写碑为求匀整，有以横直界线画成方格者，称"擘窠"。后泛指大字为擘窠书。

九^①"泥他沽酒拔金钗"诗，相对怅然。是集得诗数十篇，酒尽八九瓮，数年来文酒之乐，于斯为盛。自此而后，踪迹天涯，云萍聚散，余与秋芙亦以尘事相羁，不能屡为山泽游矣。

丁未年的冬天，伊少沂县令考核业绩最优，于是要北行到京城去。我在草堂为他设宴送行，来聚会的人有二十几位。宴饮间，李山樵弹琴，吴康甫写擘窠大字，吴乙杉、杨渚白、钱文涛在四面墙壁上作画，其余的人或拈韵作诗，或清谈品茶。施庭午、田望南、蒋宾梅等十几个人，则坐在地上划霸王拳赌酒，大口地喝酒，大声地喊

---

① 元九：指元稹（779—831）。唐诗人，字微之。排行第九，故称"元九"。与白居易友善，常相唱和，世称"元白"，为新乐府运动的主要作者之一。所作乐府，对当时的社会矛盾有所揭露。又多作艳诗，风行一时。

叫，酒喝了几十杯犹未尽兴。

当晚，风清月洁，我将诸人留下打算喝一宿。羊灯已经点上，杯子清洗干净了，准备再次欢饮，谁知还没喝几轮，再呼唤上酒也不上了。我惊讶地询问秋芙，秋芙告诉我："酒都喝光了，床头只剩下几十钱。我拿玉钏去换酒，酒家怕镯子是假的，未曾应允，就只好遣人把玉钏拿去当铺典卖。因为当铺离酒市很远，所以到现在还没回来呢。"我为此吟诵了元稹的"泥他沽酒拔金钗"诗，二人相对惆怅。

此次集会，得诗歌数十篇，酒喝了八九瓮。几年来的文酒之乐，数这一次最为盛大。自此之后，朋友们天各一方，就像浮云、浮萍般飘泊无定。我和秋芙也被家中杂事所羁绊，不能经常外出旅行了。

［清］樊圻《兰亭修禊图》（局部）

十八

秋芙素不工词，忆初作《菩萨蛮》云："莫道铁为肠，铁肠今也伤。"造意尖新，无板滞之病。其后余游山阴，秋芙制《洞仙歌》见寄，气息深稳，绝无疵颣①，余始讶其进境之速。归后索览近作，居然可观，乃知三日之别，固非昔日阿蒙矣。昔瑶花仙史降乩②巢园，目秋芙为昙阳后身，观其辨才，似亦可信。加以长斋③二十年，《楞严》《法华》熟诵数千卷，定而生慧，一指半偈，犹能言下了悟，况区区文字间乎！昔人谓"书到今生读已迟"，余于秋芙信之矣。

---

① 疵颣（lèi）：缺点，毛病。
② 降乩（jī）：民间寺庙宫坛做法事时，神明降临附在乩童身上，以传达旨意。
③ 长斋：指长期遵守过午不食的持戒者，民间多谓终年素食者曰吃长斋。

解读

　　秋芙素来不擅作词，回想起她当初作的《菩萨蛮》，有"莫道铁为肠，铁肠今也伤"之句，立意新颖，没有呆板艰涩的毛病。后来我到山阴游玩，秋芙作了一首《洞仙歌》寄给我，气息深沉稳重，没有一点瑕疵，我惊讶于她进步的速度之快。我回去以后，把她的近作拿来看，居然都非常可观，才知道"士别三日，当刮目相待"，她不再是过去的"吴下阿蒙"了。从前瑶花仙史在巢园降乩，看到秋芙后说她是昙阳仙子的后身。我观察秋芙善于辩论的才能，感觉这种说法似乎是可信的。加上她吃斋已有二十年，《楞严经》《法华经》熟读了几千卷，经年的禅静之功已使其萌生慧根。佛家的一指点悟、半句偈语，她都能瞬间参悟。更何况区区文字！古人说"书到今生读已迟"，以秋芙观之，此语言之凿凿。

［清］冷枚《春闺倦读图》

十九

　　秦亭山西去二十里，地名西溪，余家槐眉庄在
焉。缘溪而西，地多芦苇，秋风起时，晴雪满滩，水
波弥漫，上下一色。芦花深处，置精蓝①数椽②，以奉
瞿昙③，曰"云章阁"。阁去庄里余，复涧回溪，非苇
杭不能到也。时有佛缘僧者，居华坞、丶④斋，相传戒律
精严，知未来之事。乙巳⑤秋，余因携秋芙访之，叩以
面壁宗旨，如聩如聋，鼻孔撩天，曷胜⑥失笑。时残雪
方晴，堂下绿梅，如尘梦初醒，玉齿粲然。秋芙约为
永兴寺游，遂与登二雪堂，观汪夫人⑦方佩书刻。还坐

---

① 精蓝：佛寺；禅院。
② 椽（chuán）：椽子。屋顶结构中设置在檩条上的木条。
③ 瞿昙：旧时因释迦牟尼姓瞿昙，故常以瞿昙代表释迦牟尼。
④ 丶：《康熙字典》："《字汇》，伊字，如草书下字。"
⑤ 乙巳：指道光二十五年（1845）。
⑥ 曷胜：何胜。用反问语气表示不胜。
⑦ 汪夫人：汪端（1793—1839）。清代女文学家。字允庄，号小韫。撰
　有《自然好学斋诗钞》和逸事小说《元明佚史》，编有《明三十家诗
　选》初集、二集。

溪上，寻炙背鱼、翦尾螺，皆颠师①胜迹。明日更游交芦、秋雪诸刹，寺僧以松萝茶进，并索题《交芦雅集图卷》。回船已夕阳在山，晚钟催饭矣。霜风乍寒，溪上澄波粼粼，作皱縠②纹。秋芙时著薄棉，有寒色，余脱半臂拥之。夜半至庄，吠尨③迎门，回望隔溪渔火，不减鹿门晚归时也。秋芙强余作纪游诗，遂与挑灯命笔，不觉至曙。

解读

　　从秦亭山往西二十里地，有一个地方叫西溪，我家的槐眉庄就在那里。沿着小溪往西走，水里有很多芦苇，秋

---

① 颠师：指道济（1148—1208或1209），南宋僧人。本姓李，名心远。初在杭州灵隐寺出家，后住净慈寺。不受戒律拘束，嗜好酒肉，举止似痴如狂，故被称作"济颠"。小说《济公传》《评演济公传》等都从他的故事发展而来。
② 皱縠（hú）：这里喻指水面的微波。
③ 吠尨（fèi máng）：吠叫的狗。

风一起，芦花像洁白的雪花一般飘满水滩，水波荡漾，上下一色。在芦花的深处，修建了几间精美的佛寺，用来供奉释迦牟尼，叫作"云章阁"。云章阁距离槐眉庄有一里多地，中间隔着蜿蜒曲折的小溪，除了乘坐小船之外到不了那里。当时有位高僧，居住在华坞小斋，相传他戒律精严，能预知未来的事。乙巳年的秋天，我带着秋芙去拜访他，向他请教佛法要旨。他仿佛聋哑一般，鼻孔朝着天，一言不发，叫人看了忍不住发笑。当时才下过一场雪，刚刚放晴，堂下种植的绿梅，仿佛刚从尘世的大梦中醒来，灿烂地绽放着。

秋芙约我到永兴寺游玩，于是我就和她一起登上二雪堂，观赏雕有汪端书法的碑刻。我们还坐在溪边，找寻炙背鱼、翦尾螺，这些都是济公所留下的名胜古迹。第二天，我们又游览了交芦庵、秋雪庵等寺庙，寺里的僧人用松萝茶来招待我们，并要我们为《交芦雅集图卷》题字。

我们坐船回去的时候已经日落西山了，敲响的晚钟催促着我们回去吃晚饭。秋风突然变得寒冷，吹得小溪泛起阵阵涟漪。当时秋芙只穿着薄薄的棉衣，看起来似乎很冷，我便解开自己的衣服把她拥入怀中。夜半时分，我们才回到庄里，家犬叫着跑出来迎接。我回过头看了看对岸的点点渔火，此时的情景像极了孟浩然《夜归鹿门山歌》中描写的画面。秋芙硬要我作纪游诗，于是我和她一起挑灯书写，不知不觉中天亮了。

［清］焦秉贞《仕女图册》（其一）

二十

秋芙有停琴伫月小影^①，悬之寝室，日以沈水^②供之。将归，戏谓余曰："夜窗孤寂，留以伴君，君当酬以瓣香^③。无扃置空房，令娥眉^④有秋风团扇^⑤悲也。"

解读

秋芙有一幅画像，画的是她弹完琴后伫立月下的情形。这幅画被悬挂在卧室里，每天用沉香供着。秋芙将要回娘家省亲的时候，跟我开玩笑说："夜里你一个人孤独寂寞，这幅画可以留下来与你做伴，你应当用一炷香来酬谢它。不要把它锁在空房里，让画中美人有秋风团扇之悲。"

---

① 影：指图绘的肖像。
② 沈水：沉香。"沈"，同"沉"。
③ 瓣香：指"一瓣香"，犹言一炷香。一说为形似瓜瓣的香。本为礼佛所用，因用为敬仰之意。
④ 娥眉：亦作"蛾眉"。指女子貌美，又为美人代称。
⑤ 秋风团扇：因为秋天的风很凉爽，所以扇子就会被弃置不用。常用来比喻女子因色衰而失宠。

［清］陈枚《月曼清游图·琼台玩月》

二十一

晓过妇家^①，窗枕犹闭，微闻仓琅一声，似鸾篦^②堕地。重帘之中，有人晓妆初就也。时初日在梁，影照窗户，盘盘腻云，光足鉴物，因忆微之诗云："水晶帘底看梳头。"古人当日已先我消受眼福。

解读

早晨我经过秋芙的闺房，窗户还关闭着，隐约听见当啷一声，好像是鸾凤形的篦梳掉在地上发出的声响。在一层层帘幕之中，应是有人刚刚化完晓妆。那时初升的太阳已经照在房梁上，倩影映于窗户，头上盘好的发髻似光亮细腻的云朵，光彩足以映照他物。因而我想起了元稹的一句诗："水晶帘底看梳头。"古人已经先于我一饱眼福了。

---

① 妇家：指妻子的娘家。
② 鸾篦（bì）：鸾凤形的篦梳。

［清］金廷标《仕女簪花图》（局部）

二十二

关、蒋故中表亲。余未聘时，秋芙每来余家，绕
床弄梅，两无嫌猜①。丁亥②元夕③，秋芙来贺岁，见于
堂前。秋芙衣葵绿衣，余著银红绣袍，肩随额齐，钗
帽相傍。张情斋丈方居巢园，谓大人曰："俨然佳儿佳
妇。"大人遂有丝萝④之意。

后数月，巢园鼠姑⑤作花，大人招亲朋，置酒花
下。秋芙随严君来。酒次，秋芙收筵上果脯，藏帊⑥
中。余夺之，秋芙曰："余将携归，不汝食也。"余戏
解所系巾，曰："以此缚汝，看汝得归去否？"秋芙惊
泣，乳妪携去始解。大人顾之而笑。因倩俞霞轩师为之

---

① 绕床弄梅，两无嫌猜：出自李白《长干行二首·其一》："郎骑竹马
来，绕床弄青梅。同居长干里，两小无嫌猜。"
② 丁亥：指道光七年（1827）。
③ 元夕：指夏历正月十五元宵节晚上。
④ 丝萝：语出《古诗十九首》："与君为新婚，兔丝附女萝。"兔（菟）
丝和女萝都是蔓生植物，纠结在一起，不易分开。后因用"丝萝"比
喻婚姻。
⑤ 鼠姑：牡丹的别称。
⑥ 帊：手帕。

蹇修①，筵上聘定。

　　自后数年，绝不相见。大人以关氏世有姻娅，岁时仍率余往趋谒，故关氏之庭，迹虽疏，未尝绝也。忆壬辰新岁，余往，入门见青衣小鬟，拥一粲姝②上车而去。俄闻屏间笑声，乃知出者即为秋芙。又一年，圜桥试③近，妻父集同人会文，意在察婿。置酒后堂，余列末座。闻湘帘之中，环玉相触，未知有秋芙在否。又一年，余行市间，忽车雷声中，帘幰④疾卷，中有丽人，相注作熟视状。最后一车，似是妻母，意卷帘人即膝前娇女也。又一年，余举弟子员⑤，大人命予晋谒⑥。庭遇秋芙，戴貂茸，立蜜梅花下。俄闻银钩一声，无复鸿影。

———————

① 蹇修：语出《楚辞·离骚》。旧时称媒人为蹇修。
② 粲姝：美丽的女子。
③ 圜（huán）桥试：此处指入县学的考试。
④ 幰（xiǎn）：车幔。
⑤ 弟子员：汉代以在太学学习者为博士弟子员。明清称县学生员为"弟子员"或"博士弟子员"。
⑥ 晋谒：进见，谒见。

余自聘及迎，相去凡十五年，五经邂逅，及却扇①
筵前，剪灯相见，始知颊上双涡，非复旧时丰满矣。今
去结缡②又复十载，余与秋芙皆鬓有霜色。未知数年而
后，更作何状？忽忽前尘，如梦如醉，质之秋芙，亦忆
一二否？

解读

　　关家和蒋家很早就是中表之亲。在我与秋芙定亲之前，
秋芙常来我家玩，我们俩绕床弄梅，两小无猜。到了丁亥年
的元宵节，秋芙来我家拜年，我们在堂前见了面。她穿着一
件葵绿色的衣服，我穿着银红色的绣袍。秋芙的额头挨着我
的肩膀，她的发钗则贴着我的帽檐。老丈张情斋当时住在巢
园里，见到我们的样子就和我父母说："简直就是一对佳人

---

① 却扇：古代婚礼，新妇行礼时以扇障面，交拜后去扇称为"却扇"。
② 结缡：古代女子出嫁，母亲把帨（佩巾）结在女儿身上，申戒至男家
　　后须尽力家务。

呀。"于是父母便有了撮合我们结婚的意愿。

之后过了几个月，巢园里的牡丹开花了，父母邀请亲朋好友，在花下设了酒宴。秋芙也跟随着她的父母来了。席间，秋芙把席上的果脯收起来，藏在了自己的手帕里。我争抢过来，秋芙说："我要把它带回去，不给你吃。"我开玩笑地把自己的腰带解下来，对她说："我用这个把你拴住，看你还怎么回家！"秋芙吓哭了，被奶妈拉到旁边哄了半天才止住了哭泣。长辈们相视而笑，于是请俞霞轩老师做媒人，在宴席上为我们订下了婚约。

此后的很多年里，按照习俗，我们成婚之前都不能相见。因为和关家世代姻亲，所以父亲年末仍然会带我去拜访关家，因此我虽然去关家的次数不多，但是也没有完全不去。想起壬辰的新年，我去了关家，在进门的时候看见一个穿着青衣的小丫鬟扶着一个美丽的女子上车走了。不一会儿听到车里传出笑声，我才知道出门的人就是秋芙。又过了一年，县试之期临近，秋芙的父亲招集文友集会，目的在于考察我这个女婿。酒席摆在后堂，我坐在末席。我听见湘帘之中，环玉相碰撞，不知道秋芙是不是也在里面。又过了一年，我在集市间走着，忽然听到隆隆的车声，车上的帷幔因为车走得急而被风卷起来，车厢里坐着一位美女，与我对视，感觉很熟悉。最后面的一辆车里，坐着的好像是秋芙的母亲，想必帘子被卷起的车中坐的就是她膝前的娇女秋芙吧。又过了一年，我中了秀才，父母让我去拜访丈人。在庭院中我遇到了秋芙，她戴着貂绒帽，站在梅花树下，忽然听到一声银钩响，她便消失得无影无踪了。

　　从定亲到迎娶秋芙进门，之间相隔十五年的时间，我曾经五次与她邂逅，及至婚宴时，秋芙移开遮面的扇子，灯前相见，我才发现她脸颊上的两个酒窝，不像以前那么丰满了。现在我们已经结婚十年了，我和秋芙的发鬓都有了些白发。不知道数年后，又会是怎样的情形呢？恍然如前尘旧梦，如痴如醉，想问问秋芙，是不是还记得我们之间发生的事呢？

［清］费丹旭《风月秋声·西厢记图册》（其一）

秋芙谓："元九《长庆集》诗，如土饭尘羹，食者不知有味。惟悼亡三诗，字字泪痕，不堕浮艳之习。"余曰："未必不似宋考功[①]于刘希夷[②]事耳。不然，微之轻薄小人，安能为此刻骨语？"

解读

秋芙说："元稹《长庆集》里的诗，就像那些粗糙的饭食一样，食之无味。只有悼亡的《遣悲怀》三首诗，字字都有诗人的泪痕，没有一点浮华艳丽之恶习。"我说："这有可能像宋之问抢夺刘希夷的诗歌那样。不然的话，像元稹这样的轻浮小人，怎么能写出如此刻骨铭心的诗句呢？"

---

① 宋考功：唐代诗人宋之问（约656—713），字延清，一名少连。曾任考功员外郎，故此处称其为宋考功。

② 刘希夷（651—约679）：唐代诗人。其诗以歌行见长，多写闺情、从军，辞意柔婉华丽，且多感伤情调。

［清］费丹旭《风月秋声·西厢记图册》（其一）

二十四

余读《述异记》^①云"龙眠于渊，颔下之珠为虞人所得，龙觉而死"，不胜叹息。秋芙从旁语曰："此龙之罪也。颔下有珠，则宜知宝。既不能宝而为人得，则嘅嘘^②云雨，与虞人相持^③江湖之间，珠可还也。而以身殉之，龙则逝矣，而使珠落人手，永无还日，龙岂爱珠者哉？"余默然良久，曰："不意秋芙亦能作议论，大奇。"

解读

我读《述异记》中"龙眠于渊，颔下之珠为虞人所得，龙觉而死"的故事，禁不住叹息。秋芙在旁边说："这是龙犯的错误。颔下放着的龙珠，自己应该知道是宝贝。

---

① 《述异记》：志怪小说集。题南朝梁任昉作，《四库全书总目提要》以为系唐人委托。内容较冗杂，大抵掇拾古代笔记、小说而成。
② 嘅嘘：同"唏嘘"，本义是哭泣后不自主地急促呼吸，抽搭。此处意为呼风唤雨。
③ 相持：相互争持，各不相让。

既不能好好保护而被别人夺去，就应该呼风唤雨，和虞人一决高下，把龙珠抢回来。然而龙却以身殉珠，龙珠也落入别人手中，永远也拿不回来了，这龙真的是爱惜这颗珠子吗？"我沉默了很久，说："没想到秋芙也能发表这等议论，真是奇才啊！"

［清］费丹旭《风月秋声·西厢记图册》（其一）

二十五

葛林园为招贤寺遗址，有水榭①数楹，俯瞰竹石。榭下有池，短彴②横架其上。池偏凌霄花一本，藤蔓蜿蜒，相传为唐宋时物，诗僧半颠及其师破林，驻锡③于此数十年矣。

己酉④初夏，积潦⑤成灾，余所居草堂，已为泽国。半颠以书相招，遂与秋芙往借居焉。是时，城市可以处舟，所交宾朋，无不中隔。日与半颠谈禅，间以觞咏，悠悠忽忽⑥，不知人间有岁月矣。闻岳坟卖馂馅⑦馒首，日使赤脚婢数钱买之。啖食既饱，分饲池鱼。秋芙起拊⑧栏楯，误堕翠簪，水花数圈，杳无

---

① 水榭：园林或风景区中，建于水边或水上供人游憩、眺望的建筑物。

② 彴（zhuó）：独木桥。

③ 驻锡：僧人外出，常以锡杖自随，故称僧人居留为驻锡。

④ 己酉：指道光二十九年（1849）。

⑤ 潦：雨后地面积水。

⑥ 悠悠忽忽：悠闲懒散。常指虚耗光阴。

⑦ 馂（jùn）馅：指一种包馅的面食。

⑧ 拊（fǔ）：拍。

所迹，惟簪上所插素馨，漂浮波上而已。

池偏为梁氏墓庐^①，庐西有门，久鞠茂草^②。庐居梁氏族子数人，出入每由寺中。梁有劣弟，贫乏不材。余居月余，阋墙^③之声，未歇于耳。一日，余行池上，闻剥啄^④声。寺僧方散午斋，余为启扉。有毡笠布衣者，问梁某在否，余为指示。其人入梁氏庐，余亦闭门。半颠知之，因见梁，问来者云何，梁曰："无之。"相与遍索室中，不得。惟东偏小楼，扃闭甚固，破窗而入，其弟已缢死床上矣，乃知叩门者缢死鬼耳！自后鬼语啾啾，夜必达旦^⑤，梁以心悻^⑥迁去。余与秋芙虽恃《楞严》卫护之力，而阴霾逼人，

---

① 墓庐：墓旁之屋。古人为守父母、师长之丧，筑室墓旁，居其中以守墓。
② 久鞠茂草：谓杂草塞道，形容衰败荒芜的景象。
③ 阋（xì）墙：谓兄弟相争于内。引申指内部相争。
④ 剥啄：拟声，指敲门声。
⑤ 达旦：直到第二天早晨。
⑥ 悻（kuāng）：害怕。

所迹，惟簪上所插素馨，漂浮波上而已。

池偏为梁氏墓庐[1]，庐西有门，久鞠茂草[2]。庐居梁氏族子数人，出入每由寺中。梁有劣弟，贫乏不材。余居月余，阋墙[3]之声，未歇于耳。一日，余行池上，闻剥啄[4]声。寺僧方散午斋，余为启扉。有毡笠布衣者，问梁某在否，余为指示。其人入梁氏庐，余亦闭门。半颠知之，因见梁，问来者云何，梁曰："无之。"相与遍索室中，不得。惟东偏小楼，扃闭甚固，破窗而入，其弟已缢死床上矣，乃知叩门者缢死鬼耳！自后鬼语啾啾，夜必达旦[5]，梁以心悻[6]迁去。余与秋芙虽恃《楞严》卫护之力，而阴霾逼人，

---

[1] 墓庐：墓旁之屋。古人为守父母、师长之丧，筑室墓旁，居其中以守墓。
[2] 久鞠茂草：谓杂草塞道，形容衰败荒芜的景象。
[3] 阋（xì）墙：谓兄弟相争于内。引申指内部相争。
[4] 剥啄：拟声，指敲门声。
[5] 达旦：直到第二天早晨。
[6] 悻（kuāng）：害怕。

究难长处。时水潦已退，旋亦移归草堂。嗣闻半颠飞锡^①南屏。余不过此寺又数年矣，未知近日楼中，尚复有人居住否？

解读

　　葛林园是招贤寺的旧址，有很多座亭台水榭，站在那里能俯瞰竹林山石。水榭下面是水池，有一架独木桥横在池上。水池旁边有一株凌霄花，藤蔓弯弯曲曲地生长着，相传是唐宋时种下的。诗僧半颠和他的师父破林，已经在这座寺庙生了数十年。

　　己酉年入夏时节，洪水泛滥成灾，我所住的草堂也被水淹了。半颠写信邀请我到寺庙里住，于是我和秋芙就借住到他那里。当时，街市上积的水多到可以划船，我和我的朋友们因此失去了联络。每天和半颠谈论禅理，偶尔

---

① 飞锡：佛教僧人游方之称。

喝酒吟咏诗歌，闲散浑噩，似乎已经忘记尘世的时间。听说岳坟附近卖带馅的馒头，每天我就让婢女拿好钱去买回来。等到吃饱以后，就把剩下来的馒头喂给池塘里的鱼。秋芙扶着栏杆起身，不小心把翠簪掉进了水池里，荡起几圈波纹之后就不见踪迹了。只剩下簪子上插着的素馨花还漂浮在水面上。

水池旁边是梁氏墓庐，墓庐西边有一扇门，因为长期废置而长满了野草。住在这墓庐里的是梁氏兄弟几人，他们每次都从寺里进出。梁家有一个品行很坏的孩子，不学无术，很是不成材。我在那住了一个多月，经常听到他们兄弟之间争吵的声音。有一天，我在池边走着，听到有敲门声。寺院里的僧人们刚刚才吃过午饭散去，我就去开门。只见门口站着一个戴着毡笠、穿着布衣的人，他问我梁某在不在，我给他指出位置。那人进了梁氏墓庐后，我也关上了门。半颠僧人知道了这件事，因而在见到梁氏的时候就问他来的人说了什么，梁氏说："没见过这个人。"

后来我们搜遍了梁氏墓庐，也没有找到这个人。唯独东边的一座小楼，房门关得非常严，于是我们打破窗子进到里面，发现他的弟弟已经吊死在床上，这才知道敲门的人是吊死鬼。自此以后，经常听到凄切的鬼叫声，从夜里持续到早上，梁家人因为心里感到恐惧就搬走了。我和秋芙虽然依靠着《楞严经》的保护，但是这里阴气逼人，实在难以长期居住。那时积水已经退却，于是我们也搬回了草堂。后来听闻半颠僧人搬到南屏去了。我已经很多年没有再去过葛林园，不知道那小楼中现在还有没有人居住。

［清］陈枚《月曼清游图·水阁梳妆》

二十六

枕上不寐，与秋芙论古今人材，至韩擒虎①。余曰："擒虎生为上柱国②，死不失为阎罗王，亦侥幸甚矣。"秋芙笑曰："特张嫦娥③诸人之冤，无可控告，奈何？"

解读

我躺在床上睡不着觉，就和秋芙谈论古今的人才，说到了韩擒虎这个人。我说："韩擒虎生前做了上柱国，死后还成了阎罗王，可谓十分侥幸了。"秋芙笑着说："只是张丽华等人的冤屈，无处申诉，该怎么办呢？"

---

① 韩擒虎（538—592）：隋河南东垣（今河南新安）人，字子通。有文武才能，以胆略见称。因功进位上柱国，后任凉州总管，守防边境。
② 上柱国：官名。战国楚置，原为保卫国都之官，后为最高武官。
③ 张嫦娥：张丽华（560—589）。南朝陈后主妃。隋军破建康，从后主匿井中，被俘。

［清］费丹旭《风月秋声·西厢记图册》（其一）

二十七

　　大人晚年多病，余与秋芙结坛^①修《玉皇忏》^②仪四十九日。秋芙作骈俪疏文，辞义奥艳，惜稿无遗存，不可记忆。维时霜风正秋，瓶中黄菊，渐有佳色。夜深钟磬一鸣，万籁皆伏。沈烟笼罩中，恍觉上清官阙^③即现眼前，不知身在人世间也。

解读

　　我的父母晚年多病，我和秋芙设置法坛，为他们祈祷，诵读《玉皇忏》七七四十九日。秋芙作的骈体文，言辞义理深奥绝艳，可惜稿子没有留存下来，如今已经记不得了。当时正值秋天，凉风凛冽，瓶中的黄菊花，渐渐变得美了。夜深之时，钟磬一响，周围一片宁静。烟雾弥漫之中，我恍惚觉得仙境就在眼前，已经忘记自己还处于人间。

---

① 结坛：指设置戒坛，举行法事。
② 《玉皇忏》：全称《高上玉皇宥罪赐福宝忏》，是道教徒向玉皇大帝祷告祈福的经文。
③ 上清官阙：相传为神仙居处，故道教常用以名其宫观。

［清］佚名《雍亲王题书堂深居图屏・立持如意》

二十八

　　秋芙所种芭蕉，已叶大成阴，荫蔽帘幕。秋来雨风滴沥，枕上闻之，心与俱碎。一日，余戏题断句叶上云："是谁多事种芭蕉，早也潇潇①，晚也潇潇。"明日见叶上续书数行云："是君心绪太无聊，种了芭蕉，又怨芭蕉。"字画柔媚，此秋芙戏笔也，然余于此悟入②正复不浅。

解读

　　秋芙种的芭蕉，叶子已经长大成荫，树荫遮挡了窗帘。秋天到了，秋雨淅淅沥沥地滴在芭蕉叶上，我躺在枕头上听着，就好像滴在心上一样令人心碎。一天，我开玩笑地在芭蕉叶上题句："是谁多事种芭蕉，早也潇潇，晚也潇潇。"第二天我看见芭蕉叶上又续写了几

---

① 潇潇：形容风雨急骤。
② 悟入：佛教用语，"悟"指觉悟，"入"指进入，谓觉知并证入实相之理。

行：“是君心绪太无聊，种了芭蕉，又怨芭蕉。”字迹柔和妩媚，这虽然是秋芙开玩笑写下的，但却让我明悟了许多。

［清］任颐《芭蕉麻雀》（局部）

二十九

春夜扶鸾①，瑶花仙史降坛，赋《双红豆》词云：

风丝丝，雨丝丝，谁使花黏蛛网丝？春光留一丝。

烟丝丝，柳丝丝，侬与红蚕同有丝。蚕丝侬鬓丝。

又《贺新凉》赠秋芙云：

久未城西过。料如今、夕阳楼畔，芭蕉新大。日日
东风吹暮雨，闻道病愁无那②。况几日、妆台梳裹③。
纸薄衫儿寒易中，算相宜、还是摊衾卧。切莫向，夜
深坐。

西池已谢桃花朵。恁青鸾、天天来去，书儿无个。

---

① 扶鸾：扶乩，中国古代的一种巫术。口语叫"扶鸾"。传说因神仙驾
凤乘鸾，故名。
② 无那：犹无奈，无可奈何。
③ 梳裹：梳妆打扮。

一卷《楞严》应读遍，能否情禅参破？问归计、甚时才可？双凤归来星月下，好细斟元碧①、相称贺。须预报，玉楼我。

甲辰岁，仙史曾降笔草堂，指示金丹还返之道，故有"久未西城过"之语。

解读

春日的夜里扶乩，瑶花仙史降坛，我作了《双红豆》词一首：

> 风丝丝，雨丝丝，谁使花黏蛛网丝？春光留一丝。
>
> 烟丝丝，柳丝丝，侬与红蚕同有丝。蚕丝侬鬓丝。

---

① 元碧：玄碧，清淡澄澈的酒水。

又作了一首《贺新凉》赠给秋芙，言：

久未城西过。料如今、夕阳楼畔，芭蕉新大。日日东风吹暮雨，闻道病愁无那。况几日、妆台梳裹。纸薄衫儿寒易中，算相宜、还是摊衾卧。切莫向，夜深坐。

西池已谢桃花朵。恁青鸾、天天来去，书儿无个。一卷《楞严》应读遍，能否情禅参破？问归计、甚时才可？双凤归来星月下，好细斟元碧、相称贺。须预报，玉楼我。

甲辰年，瑶花仙史曾在草堂降下神言，指示修炼法门，因此有"久未西城过"这句话。

［清］朱耷《芭蕉竹石图》

忆戊申秋日，寄秋芙七古一首，诗云：

干萤冷贴屏风死，秋逼兰釭^①落花紫。

满床风雨不成眠，有人剪烛中宵起。

风雨秋凉玉簟知，镜台钗股最相思。

伤心独忆闺中妇，应是残灯拥髻时。

髻影飘萧同卧病，中间两接红鲂信^②。

病热曾云甘蔗良，心忪或借浮瓜镇。

夜半传闻还织素，锦诗渐满回文数。

可怜玉臂岂禁寒，连波只悔从前错。

从前听雨芙蓉室，同衾忆汝初来日。

才见何郎^③鬓合双，便疑司马^④心非一。

---

① 釭（gāng）：灯。

② 红鲂信：此处喻指书信传递之艰辛。鲂，亦称"三角鲂""三角鳊"。硬骨鱼纲，鲤科。

③ 何郎：何晏（约190—249）。三国魏玄学家。字平叔。少以才秀知名。和夏侯玄、王弼等倡导玄学，竞事清谈，开一时风气。

④ 司马：司马懿（179—257），三国河内温县（今河南温县西南）人，字仲达。多谋略，善权变。嘉平元年（249），发动高平陵政变，专国政。

鸿庞牛衣感最深，春衣典后况无金。

六年费汝金钗力，买得萧郎①薄幸心。

薄幸明知难自避，脱舆未免参人议。

或有珠期浦口还，何曾剑忍微时弃。

端赖鸳鸯壶内语，疏狂尚为鲰生②恕。

无端乞我卖薪钱，明朝便决归宁去。

去日青荷初卷叶，罗衣曾记箱中叠。

一年容易到秋风，渡江又阻归来楫。

我似齐纨易弃捐，怀中冷暖仗人怜。

名争蜗角难言胜，命比蚕绡③岂久坚。

莫为机丝曾有故，蛾眉何人能持护？

门前但看合欢花，也须各有归根树。

---

① 萧郎：本为对萧姓郎君的称谓。后泛指女子所爱恋的男子。崔郊《赠
去婢》诗："侯门一入深如海，从此萧郎是路人。"

② 鲰（zōu）生：矮小愚陋的人。

③ 绡（xū）：布帛。

树犹如此我何堪，近信无由绮阁探。

拥到兰衾应忆我，半窗残梦雨声参。

雨声入夜生惆怅，两家红烛昏罗帐。

一例悲欢各自听，楚魂来去芭蕉上。

芭蕉叶大近窗楹，枕上秋天不肯明。

明日谢家①堂下过，入门预想绣鞋声。

此稿遗佚十年，枕上忽忆及之，命笔重书，恍惚如梦。

解读

回想起戊申年秋季的一天，我曾给秋芙写过一首七言古诗。诗是这样的：

---

① 谢家：此处代指世家大族。

干萤冷贴屏风死，秋逼兰釭落花紫。

满床风雨不成眠，有人剪烛中宵起。

风雨秋凉玉簟知，镜台钗股最相思。

伤心独忆闺中妇，应是残灯拥髻时。

鬓影飘萧同卧病，中间两接红鲂信。

病热曾云甘蔗良，心忪或借浮瓜镇。

夜半传闻还织素，锦诗渐满回文数。

可怜玉臂岂禁寒，连波只悔从前错。

从前听雨芙蓉室，同衾忆汝初来日。

才见何郎耷合双，便疑司马心非一。

鸿庞牛衣感最深，春衣典后况无金。

六年费汝金钗力，买得萧郎薄幸心。

薄幸明知难自避，脱舆未免参人议。

或有珠期浦口还，何曾剑忍微时弃。

端赖鸳鸯壶内语，疏狂尚为鲰生恕。

无端乞我卖薪钱，明朝便决归宁去。

去日青荷初卷叶，罗衣曾记箱中叠。

一年容易到秋风，渡江又阻归来楫。

我似齐纨易弃捐，怀中冷暖仗人怜。

名争蜗角难言胜，命比蚕缲岂久坚。

莫为机丝曾有故，蛾眉何人能持护？

门前但看合欢花，也须各有归根树。

树犹如此我何堪，近信无由绮阁探。

拥到兰衾应忆我，半窗残梦雨声参。

雨声入夜生惆怅，两家红烛昏罗帐。

一例悲欢各自听，楚魂来去芭蕉上。

芭蕉叶大近窗楹，枕上秋天不肯明。

明日谢家堂下过，入门预想绣鞋声。

　　这首词稿已经遗失十年，躺在枕上忽然想起来了，于是提笔重新书写下来，恍惚中好像在做梦。

［清］焦秉贞《仕女图册》（其一）（局部）

三十一

　　晚来闻络纬①声，觉胸中大有秋气。忽忆宋玉悲秋《九辩》②，击枕而读。秋芙更衣阁中，良久不出。闻唤始来，眉间有愁色。余问其故，秋芙曰："悲莫悲兮生别离，何可使我闻之？"余慰之曰："因缘离合，不可定论。余与子久皈③觉王④，誓无他趣。他日九莲台上，当不更结离恨缘，何作此无益之悲也？昔锻金师⑤以一念之誓，结婚姻九十余劫，况余与子乎？"秋芙唯唯⑥，然颊上粉痕，已为泪花污湿矣。余亦不复卒读。

---

① 络纬：虫名。即莎鸡。俗称纺织娘。
② 《九辩》：战国楚人宋玉作。自述不得志的悲伤与"私自怜"之情，对当时政治的昏暗表示不满。描写细腻，以善描绘凄凉秋色、渲染哀愁之情著名。
③ 皈：原指佛教的入教仪式，后泛指虔诚地信奉佛教或参加其他宗教组织。
④ 觉王：佛的别称。
⑤ 锻金师：此处指佛教里的摩诃迦叶尊者，他曾做过锻金师，善明金性。
⑥ 唯唯：应诺声。

晚上听到纺织娘的叫声，感觉心中一片悲凉。忽然想起宋玉的悲秋诗《九辩》，便一边拍打枕头一边朗读。秋芙在屋里换衣服，过了很久也不出来。听到我喊她，她才出来，眉宇间有一抹悲愁。我问她悲伤的原因，秋芙说："为什么要我听见'悲莫悲兮生别离'这样的诗句？"我安慰她说："世间的姻缘分离，都是没有定数的。我和你长久以来皈依佛门，也没有其他追求。等到他日在九莲台上，应该没有什么离恨终身的苦痛，为何做这没有意义的悲伤呢？曾经迦叶因为一念之间的誓言，就经受了九十多次的婚姻劫难，更何况你和我？"秋芙赞同地点点头，然而脸上的妆容已经被泪水毁去了。我也就不忍心接着读了。

［清］费丹旭《风月秋声・西厢记图册》（其一）

三十二

秋芙藏有书尺，为吴黟山所贻。尺长尺余，阔二寸许。相传乾隆壬子①，泰山汉柏出火自焚，钱塘高迈庵拾其烬余，以为书尺，刻铭于上。铭云："汉已往，柏有神。坚多节，含古春。劫灰未烬兮，芸编②是亲。然藜③比照兮，焦桐④共珍。"

解读

秋芙收藏了一把书尺，是吴黟山赠送给她的。书尺长大概一尺多，宽大概两寸。相传乾隆壬子年间，泰山的一棵汉柏自燃了之后，钱塘人高迈庵捡拾它没烧完的木头做成了书尺，并铭刻文于其上。铭文是这样写的："汉已往，柏有神。坚多节，含古春。劫灰未烬兮，芸编是亲。然藜比照兮，焦桐共珍。"

---

① 乾隆壬子：指乾隆五十七年（1792）。

② 芸编：书的别称。古人藏书多用芸香驱蠹虫，所以称书籍为"芸编"。

③ 然藜：亦作"燃藜"。指夜读或勤学。

④ 焦桐：指琴。

［清］冷枚《春夜宴桃李园图》（局部）

三十三

　　开户见月，霜天悄然。因忆去年今夕，与秋芙探梅巢居阁下，斜月暧空，远水渺弥，上下千里，一碧无际，相与登补梅亭①，瀹茗夜谈，意兴弥逸。秋芙方戴梅花鬓翘，虬枝②在檐，遽为攫去，余为摘枝上花补之。今亭且倾圮，花木荒落，惟姮娥③有情，尚往来孤山林麓间耳。

解读

　　打开窗户看见月光，深秋时节窗外非常安静。因此回想起去年的今天，我和秋芙到巢居阁寻梅，月亮斜斜地挂在昏暗的空中，远方水光浩渺，上下千里，碧绿无际。我们一起登上补梅亭，品茶夜谈，兴致很高，自在闲适。秋芙鬓边戴的梅花被屋檐下弯弯曲曲的树枝给刮掉了，于是

---

① 补梅亭：位于杭州西湖孤山。

② 虬（qiú）枝：盘曲的树枝。

③ 姮（héng）娥：原指嫦娥，此处代指月亮。

我又重新摘了一枝花给她补上。现在这座亭子已经坍塌，花草树木也荒芜零落，唯独月亮有情义，尚往来于这孤山树林之中。

［清］佚名《柳荫斗茶图》（局部）

三十四

　　秋芙好棋，而不甚精，每夕必强余手谈^①，或至达旦。余戏举竹垞^②词云："簸钱斗草已都输，问持底今宵偿我？"秋芙故饰词云："君以我不能胜耶？请以所佩玉虎为赌。"下数十子，棋局惭输，秋芙纵膝上猧儿^③搅乱棋势。余笑云："子以玉奴^④自况欤？"秋芙嘿然。而银烛荧荧，已照见桃花上颊矣。自此更不复棋。

解读

　　秋芙喜欢下棋，但是棋艺不精，每天晚上一定会拉着我一起下棋，有时会下一晚上。我开玩笑地用朱彝尊写的词句跟她说："簸钱斗草已都输，问持底今宵偿我？"秋芙

---

① 手谈：下围棋。
② 竹垞（chá）：指朱彝尊（1629—1709）。清代文学家、学者。字锡鬯，号竹垞，通经史，兼擅诗词古文。与王士禛齐名，时称"南朱北王"。编有《词综》《明诗综》等。
③ 猧（wō）儿：指小狗。
④ 玉奴：指杨玉环（719—756）。唐玄宗妃。小字玉环，号太真。姿质丰艳，善音律歌舞。

故意用话语掩饰说："你以为我赢不了你吗？我就用佩戴的玉虎做赌注。"下了几十子，她的棋局渐渐显出输势，秋芙纵容她腿上的小狗来搅乱棋势。我笑着说："你这是要像杨玉环一样吗？"秋芙默不作声。然而在烛火的映照下，我已经看见她红了脸。从那以后她再也不下棋了。

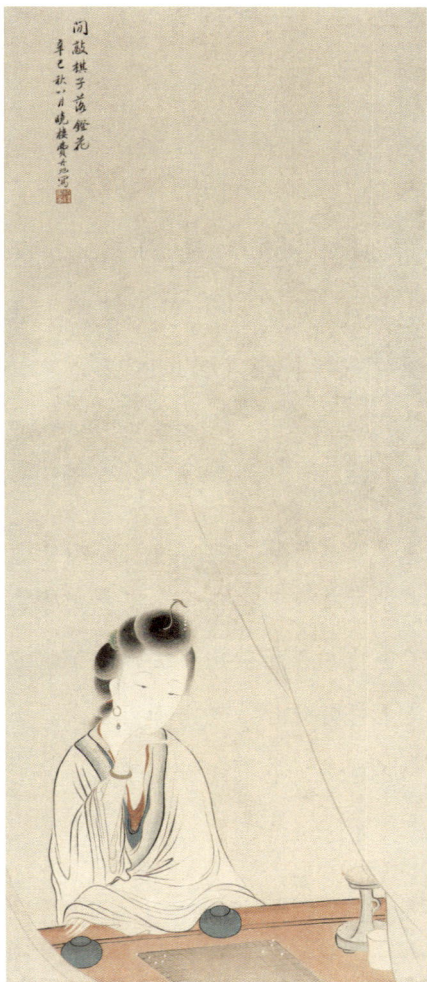

［清］费丹旭《闲敲棋子图》

三十五

　　去年燕来较迟，帘外桃花，已零落殆半。夜深巢泥
忽倾，堕雏于地。秋芙惧为猧儿所攫，急收取之，且为
钉竹片于梁，以承其巢。今年燕子复来，故巢犹在，绕
屋呢喃，殆犹忆去年护雏人耶？

解读

　　去年燕子来得比较晚一些，它们来时帘幕外的桃花已
经凋零了一半了。夜深了，燕子巢突然坍塌，小燕子掉到
了地上。秋芙害怕小燕子被狗叼去，急忙把它们送回到巢
里，并且在梁上钉好竹片，用来加固巢穴。今年燕子又来
了，旧的巢穴还在那，它们绕着屋子呢喃，好像还记得去
年保护雏鸟的人呀！

［清］李鱓《桃花柳燕图》

三十六

　　同里①沈湘涛夫人与秋芙友善，曾以所著诗词属为删校。中有句云："却喜近来归佛后，清才渐觉不如前。"因忆前见朱莲卿诗，有"却喜今年身稍健，相逢常得笑颜生"之句，两"喜"字用法不同，各极沉痛。莲卿近得消渴②疾，两月未起，霜风在林，未知寒衣曾检点否？

解读

　　我们的同乡沈湘涛夫人和秋芙关系很好，她曾经让我删削校对其所著诗词。其中有一句是这样写的："却喜近来归佛后，清才渐觉不如前。"因此回忆起之前读过朱莲卿的诗句，其中有一句是这样写的："却喜今年身稍健，相逢

---

① 同里：此处指同乡。
② 消渴：亦称"三消"。以口渴、易饥、尿多、消瘦为主要症状的疾病。包括糖尿病、尿崩症等，亦有指急性热病中大渴多饮等症。

常得笑颜生。"两个"喜"字的用法不同，但是所表达的意思却都很悲痛。莲卿最近得了消渴症，卧病在床两个月了，天气渐渐凉了，不知道她的棉衣有没有准备好。

［清］佚名《雍亲王题书堂深居图屏·观书沉吟》

三十七

斜月到窗，忽作无数个"人"字，知堂下修篁解箨矣。忆居槐眉庄，庄前种竹数弓①。笋泥初出，秋芙命秀娟携鸦嘴锄，劚②数筐，煮以盐菜，香味甘美，初不让廷秀③《煮笋经》也。秀娟嫁数年，如林中绿衣人得锦绷儿④矣。惟余老守谷中，鬓颜非故。此君有知，得无笑人？

解读

月光斜照在窗户上，忽然映出无数个"人"字，原来是堂下的修竹脱壳了。回想起在槐眉庄居住的时候，我们在庄前种了很多竹子。竹笋刚破土而出的时候，秋芙就

---

① 弓：旧时丈量地亩的计算单位，1弓合1.6米。
② 劚（zhú）：掘，挖掘。
③ 廷秀：杨万里（1127—1206），南宋诗人。字廷秀，学者称诚斋先生。绍兴进士，曾任秘书监。部分诗文关怀时政，反映民间疾苦，较为深切。对理学亦颇注意，著《诚斋易传》等。有《诚斋集》。
④ 锦绷儿：锦制的褓褓。此处比喻笋壳。

让秀娟拿着鸦嘴锄挖来很多筐，用它和盐菜一起煮，味道鲜美无比，一点也不亚于杨万里《煮笋经》里所描写的那样。秀娟已经嫁人多年，就像是林中的竹笋得了笋壳，有了呵护她的人。只剩我和秋芙一直留守在山谷中，容颜已经不复当年。如果竹笋如人般有知觉，会不会笑话我呢？

［清］佚名《雍亲王题书堂深居图屏·倚门观竹》（局部）

三十八

虎跑泉上有木樨①数株，偃伏②石上，花时黄雪满阶，如游天香国中，足供鼻观。余负花癖，与秋芙常煮茗其下。秋芙拗花簪鬓，额上发为树枝捎乱，余为蘸泉水掠③之。临去折花数枝，插车背上，携入城闉④，欲人知新秋消息也。近闻寺僧添植数本，金粟世界，定更为如来增色矣。秋风匪⑤遥，早晚应有花信⑥。花神有灵，亦忆去年看花人否？

---

① 木樨：亦称"桂花"。秋季开花，花簇生于叶腋，黄色或黄白色，极芳香。核果椭圆形，熟时紫黑色。原产中国。
② 偃伏：躺卧；伏卧。
③ 掠：梳理。
④ 城闉（yīn）：城内重门。亦泛指城郭。
⑤ 匪：通"非"。表示否定。
⑥ 花信：犹言花期。

解读

虎跑泉上有几株桂花树，卧伏在石头上，花开时满台阶都是黄花，踏足其中就像是在天香国里游玩一般，足以让视觉和嗅觉都很满足。我有爱花的癖好，经常和秋芙在花下煮茶。秋芙折花枝插在鬓发间，额头上的头发被树枝刮乱了，我就给她用泉水捋平。临走时我们折很多枝花插在车背上，带进城里，想要让人们知道秋天到来的消息。最近听说寺里的僧人新种了很多棵桂花树，等到花开的时候，一定能为寺院增添金灿灿的色彩。秋天马上就要到了，早晚会有花信传来。花神要是能够显灵，也会想起去年看花的人吧？

［清］焦秉贞《仕女图册》（其一）（局部）

三十九

　　宾梅宿予草堂，漏三下，闻邻人失火，急率仆从救之。及门，已扑灭矣。惟闻空中语云："今日非有力人^①居此，此境几为焦土。"言顷，有二道人与一比丘^②自天而下。道人戴藕华冠，衣蟠龙蟍蠼之袍。其一玉貌长髯，所衣所冠皆黄金色。比丘踵^③道人之后，若木若讷。藕冠者曰："吾名证若，居青城、赤水之间，访蒋居士至此。"与长须道人拂尘而歌，歌长数千言，未暇悉记。惟记其末句云："只回来巧递了云英^④密信，那裴航^⑤痴了心，何时得醒？若不早回头，累我

---

① 力人：力士，指护持佛法的使者，此处指蒋坦。
② 比丘：译自梵语，意为"乞士"。因初期以乞食为生而得名。佛教出家五众之一。指年满二十岁、受过具足戒的男性僧侣。中国俗称"和尚"。
③ 踵：跟随。
④ 云英：古代神话中的仙女名字。
⑤ 裴航：传奇小说中的人物。传说为唐长庆年间的秀才。裴航过蓝桥驿，以玉杵臼为聘礼，娶云英为妻。后夫妇俱入玉峰洞成仙。后人诗文中常用此为典故。

飞升。醒，醒，醒，明日阴晴难信。"歌竟而逝。趋视之，则星月在户，残灯不明，惟闻落叶数声，蘧然①一梦觉也。既旦，告予，予曰："余家断杀数十年，而修鸿宝之道六七载，至今黄螾②飞腾，犹少返还之诀。岂仙师垂悯凡愚，现身说法欤？歌中曰'云英'，云英者，岂以余闺房之缘未解缠缚，而讽咏示警欤？"时予与秋芙修《陀罗尼忏》③数月矣，所谓比丘者，岂观音化身，寻声自西竺④来欤？

解读

　　宾梅住在我家的草堂，三更的时候，听到邻居家失火的消息，急忙率领仆人去救火。到了门口，发现火已经被

---

① 蘧然：惊喜的样子。
② 螾（yǐn）：同"蚓"，蚯蚓。
③ 《陀罗尼忏》：即《千手千眼大悲心陀罗尼忏法》，由宋四明尊者知礼大师根据唐伽梵达摩所译《千手经》编成，简称《大悲忏》。
④ 西竺：天竺，中国史籍对古印度的别称。

扑灭了。只听到空中有声音传来，说："今天要不是有德行高尚的人在这里，这地方就会被烧为焦土。"话一说完，就有两位道士和一位僧人从天而降。一位道士戴着藕华冠，穿着绣有蟠龙和蝙蝠的袍子。另一位道士面容清秀，长须飘飘，所穿的衣服和戴的冠都是金黄色的。僧人跟在道士后面，神态木讷。戴着藕华冠的道士说："我名叫证若，居住在青城、赤水之间，到此来拜访蒋居士。"说完，便和长须道士舞拂尘而歌。唱的歌长达数千字，来不及悉数记下。只记住了最后一句："只回来巧递了云英密信，那裴航痴了心，何时得醒？若不早回头，累我飞升。醒，醒，醒，明日阴晴难信。"歌曲唱完人就消失了。宾梅跑过去一看，只见到星月的光洒在窗子上，室内灯光昏暗。忽闻落叶的声音，宾梅猛然惊醒，反应过来原来是一场梦。等到了早上，宾梅告诉了我，我说："我们家有几十年不杀生了，并且修道学之术也有六七年了，现在有些得道的迹象，但是尚缺少修真法诀。莫非是仙师垂怜我们凡人的愚钝，特地现身来告知我们方法吗？歌中提到'云英'，难道是因为我还恋着男女之情，没有解开束缚，所以唱这首歌来警示我们的吗？"当时我和秋芙已经念《陀罗尼忏》好几个月了，所谓的僧人，难道是观音的化身，循着我们的声音从天竺来到这里的吗？

［清］佚名《雍亲王题书堂深居图屏·捻珠观猫》

四十

　　秋芙病，居母家六十余日。臧获陪侍，多至疲
惫。其昼夜不辍者，仅余与妻妹侣琼耳。余或告归，
侣琼以身代予，事必手亲，故药炉病榻之间，予得赖
以息肩①。侣琼固情笃友于，然当此患难之时，而荼②
苦能甘，亦不自觉何以至是也。秋芙生负情癖，病中
尤为缠缚。余归，必趣人召余，比至，仍无一语。侣
琼问之，秋芙曰："余命如悬丝，自分难续，仓猝恐
无以与诀，彼来，余可撒手行耳。"余闻是言，始觉
腹痛，继思秋芙念佛二十年，誓赴金台之迎，观此一
念，恐异日轮堕人天③，秋芙犹未能免。手中梧桐花，
放下正自不易耳。

---

① 息肩：肩膀得到休息，比喻卸除责任。这里引申为休息。
② 荼：苦菜。
③ 人天：人间与天上。又喻生死。

解读

秋芙生病了，在娘家住了六十多天。仆人一直服侍她，都感到很疲惫了。能够整日照顾她的人，只有我和她妹妹侣琼。我有时返回家中，就是侣琼代我照顾她，事事一定亲手去做，所以在药炉、病榻之间，我才得以有休息的时间。侣琼本来就和秋芙感情甚好，即使是在此艰难的时刻，也能够甘之如饴，连她自己也不清楚为什么能够伺候姐姐到这种程度。秋芙天生就非常重情义，现在病中更是为情所困。我回家的时候，她一定会派人来叫我，而等我到了，又什么话也不说。侣琼问她为什么这样做，秋芙说："我现在气若游丝，命悬一线。我自己知道已经活不长了，害怕仓促之间不能和他告别。他来了，我就能放心地撒手人寰了。"我听到她说的这番话，痛彻心扉，想到秋芙吃斋念佛二十年，发誓死后到金台成仙。看她难以参破情关，恐怕来世还要受轮回之苦。我手中拿着的梧桐花，拿起来容易，放下却非常难啊！

［清］禹之鼎《斜倚熏笼图》

四十一

　　秋夜正长，与妻妹佩琪围棋，三战三北，自念平
生此技未肯让人，佩琪年未及笄①，所造如此，殆天授
耶？佩琪性静默，有林下风②，字与诗篇，靡不精晓，
自言前身自上清宫来。观其神寒骨清，洵非世间烟火
人也。今不与对局数年矣，布算之神，应更倍昔。他
日谢家堂上，当效楚子反③整师复战，期雪曩年城下
之耻。

解读

　　秋夜漫长，我和妻子的妹妹佩琪下围棋，下了三次，
三次都输了。想到自己平生的棋技从未输给过谁，佩琪还
没有到十五岁，造化便如此之高，难道是天授之才吗？佩
琪天性安静，有林下风气，书法和诗词无不精通。她自己

---

① 及笄：指女子年满十五岁。

② 林下风：称颂妇女仪度娴雅。

③ 子反：春秋时楚国大将，即公子侧。

说她的前世是从上清宫来的。我观察到她气质脱俗，不像是凡间之人。现在已经好多年没和她一起下棋了，想必她的棋技更胜一筹了吧。他日等到了秋芙娘家再和她对战，一定要效仿子反一样重整军队再决一战，以雪当年输棋的"耻辱"。

［清］佚名《雍亲王题书堂深居图屏·倚榻观鹊》（局部）

四十二

踏月夜归，秋芙方灯下呼卢^①。座中有人一掷得六幺色^②，余戏为《卜算子》词云：

妆阁夜呼卢，钗影阑干背。六个骰儿六个窝，到底都成对。

借问阿谁赢，莫是青溪妹^③？赚得回头一顾无，试报说、金钗坠。

秋芙见而笑曰："如此绮语，不虑方平鞭背耶？"

---

① 呼卢：古时博戏。用木制骰子五枚，每枚两面，一面涂黑，画牛犊；一面涂白，画雉。一掷五子皆黑者为卢，为最胜彩；五子四黑一白者为雉，是次胜彩。赌博时为求胜彩，往往且掷且喝，故称赌博为"呼卢喝雉"。此处指掷骰子。

② 六幺色：指一次性掷出六只骰，每只骰都是一点。

③ 青溪妹：指青溪小姑，出自乐府《神弦歌》。相传小姑为汉末秣陵尉蒋子文之三妹，子文在作战时受伤而死，吴孙权曾在钟山为他立庙，小姑亦被祀为神。

解读

月夜回家，秋芙正在灯下和几个人掷骰子。在座的人中有一个人掷了六幺色，我开玩笑地写了一首《卜算子》词：

妆阁夜呼卢，钗影阑干背。六个骰儿六个窝，到底都成对。

借问阿谁赢，莫是青溪妹？赚得回头一顾无，试报说、金钗坠。

秋芙看过之后笑着说："你作如此华丽的词句，不怕被神仙鞭笞吗？"

［清］佚名《雍亲王题书堂深居图屏·消夏赏蝶》（局部）

四十三

近作小词，有句云："不是绣衾孤，新来梦也无。"又《买陂塘》后半云：

中门[①]掩，更念荀郎[②]忧困，玉瓯莲子亲进。
无端别了秦楼[③]去，食性何人猜准。闲抚鬓。
看半载相思，又及三春尽。前期未稳。
怕再到兰房[④]，剪灯私语，做梦也无分。

时宾梅以纨扇属书，因戏录之。宾梅见而笑曰："做梦何以无分？"秋芙笑云："想'新来梦也无'耳。"相与绝倒[⑤]。

---

① 中门：内、外室之间的门。
② 荀郎：荀粲，字奉倩，三国魏荀彧之子。
③ 秦楼：秦穆公为其女弄玉所建之楼，亦名凤楼。此处借指夫妇两人的爱巢。
④ 兰房：妇女居室的美称。
⑤ 绝倒：大笑不能自持。

解读

最近我作了一首词，其中有一句是这样写的："不是绣衾孤，新来梦也无。"又作了一首《买陂塘》，下半阕是：

中门掩，更念荀郎忧困，玉瓯莲子亲进。

无端别了秦楼去，食性何人猜准。闲抚髻。

看半载相思，又及三春尽。前期未稳。

怕再到兰房，剪灯私语，做梦也无分。

那时宾梅正巧拿着团扇请我题字，我就开玩笑地写了这首词。宾梅看过词后笑着说："为什么如今做梦也没有缘分梦到？"秋芙笑着说："想必是因为'新来梦也无'吧！"众人听罢，都大笑起来。

［清］焦秉贞《仕女图册》（其一）（局部）

四十四

　　甲辰秋，同人招游月湖。夜深为风露所欺。明日复集吴山笙鹤楼，中酒①禁寒。归而病热几殆，赖乩示方药，始获再生。越一年，为丙午②岁，疽③发背间，旋复病疟。方届秋试④，扶病登车，未及试院，而魂三逝矣。仆从舁⑤归，匝月始安。己酉之夏，复病疮痢⑥，俯枕三月，痛甚剥肤。六年之间，三堕病劫，秋芙每侍余疾，衣不解带，柔脆之质，岂禁劳瘁？故余三病，而秋芙亦三病也。余生有懒疾，自己酉奉讳⑦以来，火死灰寒，无复出山之想。惟念亲亡未葬，弟长

---

① 中（zhòng）酒：醉酒。

② 丙午：指道光二十六年（1846）。

③ 疽（jū）：中医指局部皮肤肿胀坚硬而肤色不变的毒疮。

④ 秋试：科举制度中秋季举行的考试。因明清在各省省城举行的乡试在秋季举行，故称。

⑤ 舁（yú）：抬。

⑥ 痢：病名，即痢疾。

⑦ 奉讳：指居丧。

未婚，为生平未了事。然先人生圹^①久营，所需卜吉。增弟年二十矣，负郭数顷田，足可耕食。数年而后，当与秋芙结庐华坞河渚间，夕梵晨钟，忏除慧业^②。花开之日，当并见弥陀^③，听无生之法。即或再堕人天，亦愿世世永为夫妇。明日为如来涅槃^④日，当持此誓，证明佛前。

解读

　　甲辰年的秋天，朋友邀请我一起畅游月下西湖。夜深之时我受了风寒。第二天我又到吴山笙鹤楼参加聚会，醉酒后身体禁不住风寒的侵袭。回家后发高烧几乎就要丧

---

① 生圹：生前预造的坟墓。
② 慧业：佛教语。指智慧的业缘。
③ 弥陀：亦作"弥阤"。"阿弥陀佛"的简称。意译"无量光佛""无量寿佛"。为西方"极乐世界"的教主。
④ 涅槃（niè pán）：愿意为"息灭一切烦恼"或"息灭一切烦恼后的状态"。意译"入灭""圆寂"。佛教全部修习所要达到的最高理想。

命，我依靠着扶乩得来的药方吃药，才重获新生。隔了一年，是丙午年，我背后生了毒疮，不久后又得了疟疾。当时正赶上秋试，我忍着病痛登上车，还没到考试院，我就已经神志不清了。仆人们把我抬了回来，过了一个多月病才好。己酉年的夏天，我又得了恶性痢疾，在床上躺了三个月，疼痛难忍，深入骨髓。六年之间，三次堕入病劫。每次生病，秋芙都在身旁服侍我，常常衣不解带。秋芙本身就体弱，怎么能禁得住这样劳累？因此我病了三次，秋芙也跟着生了三次病。我生性疏懒，自从己酉年父亲生病去世，便心如死灰，没有再出仕的打算。只是惦记着父亲还没有下葬，弟弟长大成人还没有结婚，这就是平生没有了结的事了。然而父亲生前已经造好了墓穴，只需要择一个良辰吉日便可下葬。弟弟蒋增已经二十岁了，城外近郊有数顷田地，足够他耕种生活。多年以后，我应该会和秋芙在华坞河渚之间修几间房子，早晚敲钟念经，忏悔消除恶业。等到我们去世后，一定会去见弥陀，听他讲解佛教的无生之法。即使是有机会再堕入人间，也希望我们两个人能生生世世做夫妻。明天就是如来佛祖涅槃的日子，我们当持此誓言，在佛前作为我们感情的见证。

［清］费丹旭《风月秋声·西厢记图册》（其一）